어머니 사시던 고향은

어머니 사시던 고향은

조재도 시집

무너진 부뚜막

거기 부모님 사진 놓고

큰절 한번 올리고 싶다.

차례

2부 어머니

3부 아버지

4부 좋은 날에 우는 사람

5부 영등포구 가리봉동

6부 한 세대가 간다

1부

돌보, 온암리

돌보, 온암리

돌보, 온암리는 산골
어머니 나시고 내가 자란 곳

마을 초입
온암국민학교
봄이면 하얗게
개구리 울음소리 밀려들고
가을이면 은행잎 감잎
갈색으로 물들던 운동장

사람 없는 빈집
닭들이 마루에 올라
댓잎 같은 흙 발자국 남기기도 하던

그곳에서 우린
해 저물도록 놀았습니다
흙강아지 되어 살았습니다.

뒤곁

외할아버지 생신 때
어린 애들 모여 앉아
오기작오기작 아침밥 먹던

따순 볕에 고사리
호박고지 무말랭이가
끄들끄들 말라도 가던

올무에 걸린 산토끼
가죽 벗겨 그 털
감나무에 매달아 놓던

호박잎에 싼 미꾸라지
솔가지 불에 구워도 먹던.

아침

숫돌에 낫 가는 소리
바가지에 쌀 씻는 소리

개집에서 나온 개
허리 쭉 펴고
후두두 몸 터는 소리

감나무 대추나무
참새 떼 몰려 지저귀는 소리

장마 끝 헛간
풋병아리 울던 소리.

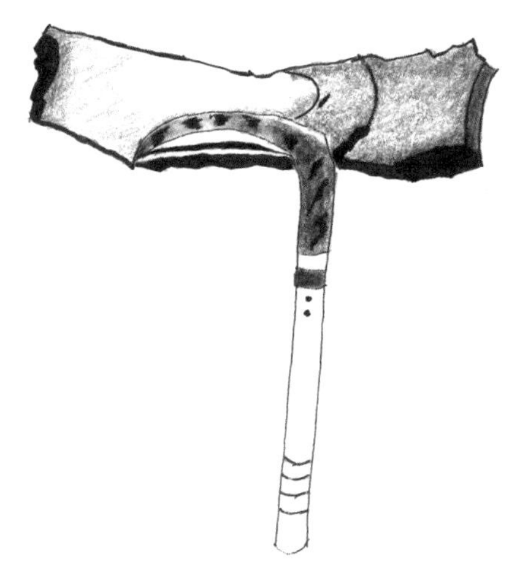

대설

산 넘어 또 산 넘어 마당바위 황토고개 지나
오리오리 시오리 얌동 상엿집 지나
승동이네 외양간 지나 굴 껍질만 한 마을

천만 눈송이 흰 송이 복닥복닥 내리면
집집마다 일찍 싸릿문 지그리고
등잔에 석유 넣어 불을 켜어요

모과 빛 불빛 이야기 소리 두런두런
어느 날은 굴품해서* 동치미를 먹고
어느 날은 얼음 백인 홍시를 먹어요

윗목엔 화로
요강에 쪼르륵 오줌 누는 소리

눈은 내려 쌓이고
마당가 두엄더미에도 눈은 쌓이고
밤바람 소리 웅－웅, 산짐승처럼 내달리면

시나브로 식어가는 부뚜막 온기

웅얼대는 잠꼬대
끌어다 덮는 이부자락

아침 햇살에 훤한 문창호지
추녀 끝에 쌓인 눈 제풀에 떨어지고
밤새 중의 옷 빛으로 식은 화로의 재
문구멍으로 내다본 세상은
어랄라 저것 좀 봐, 백설기 단층.

* 배가 고픈 듯하다.

검정 고무신

시멘트 바닥에 문질러도
돌로 짓찧어도
안 떨어지던 검정 고무신

새 신을 신고 싶어
못으로 구멍을 뚫어도
이내 오그라들어 원상태 되던

물에 들어갔다 나오면
쭐근덩쭐근덩 미끄러지던

장난감도 되고 신발도 되고
물고기 호박벌 잡기도 하던
검정 고무신.

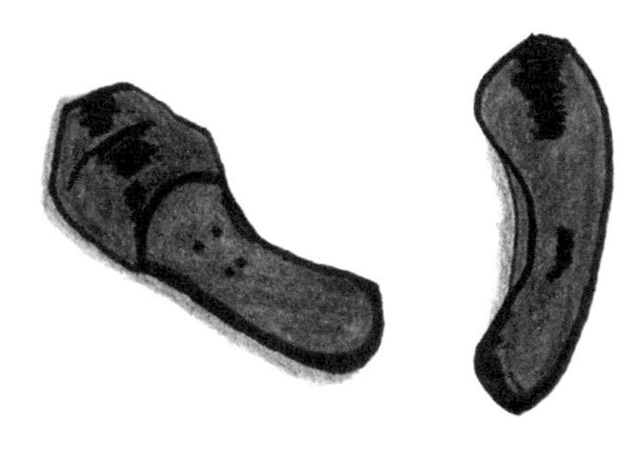

우물

감나무 그늘지는 우물 하나 있었다
감잎 오그려 떠먹으면
무지무지 달고 찬 우물이었다
동네 아낙들 물동이 이고 와
잘름잘름 넘치게 떠가기도 하였다
산나물도 씻고 미역 오래기도 씻었다
밑바닥에
밥풀 몇 개 하얗게 떨어져 있었다
지금은 기억 속
오목하게 들어 있는 우물.

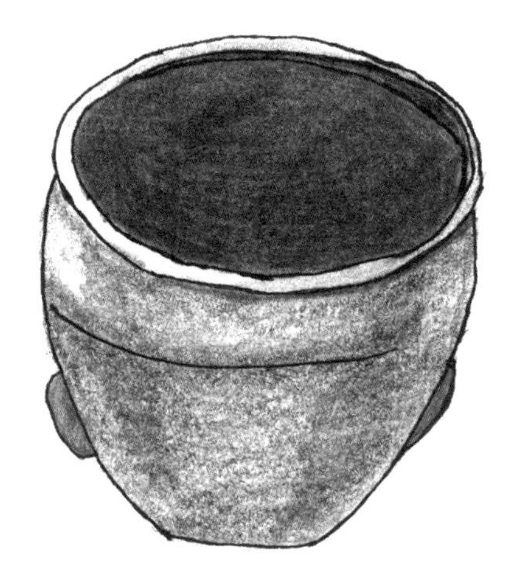

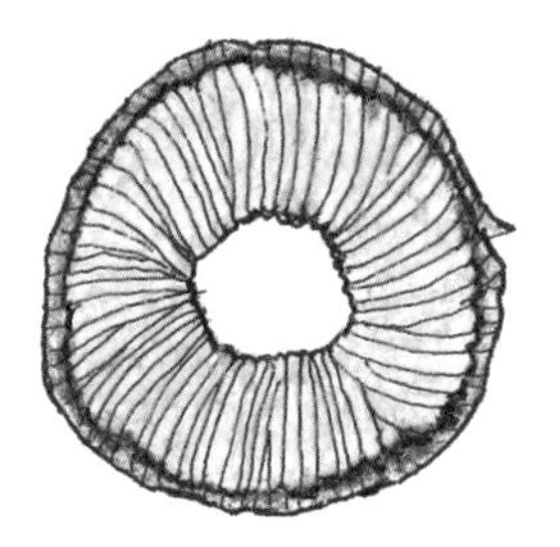

2022, 2 21

잿간

들어서면 서늘하니 어두컴컴하니 탑탑한 잿간
한삐쪽엔 싸리비 몽당구신이 팔짱 끼고 앉았다.

가을마당

1

보소꼬지 산에서 주워왔다는 도토리가
멍석에 당알당알 널렸다
칠순 어머니가 들고도 이고도 못 와
어깨 멜빵 걸머지고 왔다는 것들이다
저 도토리 묵 해 먹으면
내 입안도 가을 물처럼 쌉스름해질 것이다.

2

헛간 구석 마대자루에 섭시렁히 고추가 담겨 있다
어머니가 매직으로 빵굴 꼬추라고 써놓았다
그래, 실한 것은 내다팔고
벌레 먹고 희나리진 것들만 빵궈 먹는단 말이지.

3

쑥국화꽃 핀 짚누리 옆

콩 바심한 탑새기가 한 삼태기 모아져 있다
거기에 불을 지핀다
마당을 가로지른 전선 줄이
시린 가을 하늘을 움켜쥐고 있다.

4

작고 외지고 쓸쓸한 본가
설렁한 바람, 풀벌레 소리.

까마중

텃밭 울 밑
까마중이 다닥다닥 열렸다

그 까마중 용의 눈알맹이를 닮았다
배 아플 때 먹고 자던 환약을 닮았다

그러니까 그 시절
책보 메고 학교 다닐 때 보았다
검정 고무신에 알대가리였을 때 보았다

그때 제비는 빨랫줄에서 지지고리고ㅡ배 울었다
그때 매미는 쓰름쌔름 울었다

가난과 젊은 어머니가 있었다
등잔불과 고구맛동과 산토끼 고기가 있었다

어느새 나는 아내도 있고
어느새 직장도 여러 번 옮겼고

세상을 한 바퀴 돌아본 것 같은데

이따금 나는
염소똥보다 작은 까마중으로 있다.

겨울 별

새우젓 독 엎어 만든 굴뚝에서 놀다가

구덩이 속 갓 파낸 무 노란 새순과 놀다가

한때는 토끼장 바닥 콩깍지와 놀다가

감나무 가지 엮어 매단 시래기 단에 와 노는.

삼동三冬

윗방 문지방 머리
골파는 춥다

한 발 가웃 내린 눈발 속
지새는 삼동

자고 나면 족제비 발자국이
닭장 둘레를 맴돌았다.

작은 나라

요강도 오줌장군도 무명이불도
까마중도 개똥참외도 겉보리 밀대 짚도

지닐국도 황새낫도 어렝이 간드레불도
골단초꽃도 새우젓 독도

모과 빛 불빛
다듬이 소리

왈칵 등잔 엎질러 나던 석유 내음도.

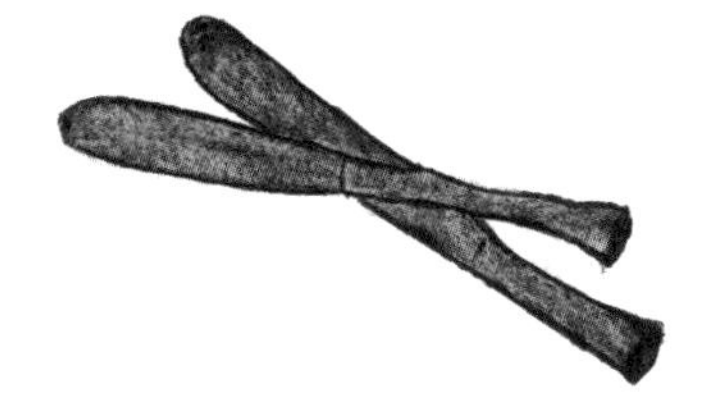

2022.

토우土偶

애비도 에미도 문지방 낮은 흙집에서 살았니라
싸리울 넘어 흰나비 날아들고
수탉이 울면 온 마을에 울려 퍼지던
그때 그 발가벗고 자란 아이
아이의 살 색도 흙빛이었으리.

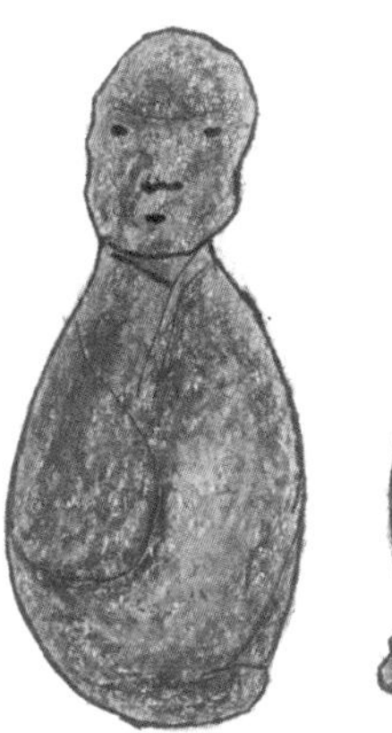

설날 아침

닭 국물에 나부죽히 썬 떡국을 한 사발 먹고 세배하러 가는 길, 고샅엔 눈 쓸은 대빗자루 자국이 선명하기도 하였다. 감나무며 호두나무 가지에 걸어놓은 시래기 단에서 쌓인 눈 제풀에 풀풀 떨어지고, 외갓집 함석 대문을 밀고 들어서면 벌써 토방엔 신발이 그들먹하였다. 객지서 명절 쇠러 온 사람들이 개다리소반에 돼지고기 찌개를 놓고 동동주를 마시고, 수염 허연 외할아버지가 돋뵈기를 쓰고 등을 구부린 채 토정비결을 보았다. 가느스름히 눈을 뜨고 구릿빛 손마디로 글자를 짚으며 점괘를 읽으면, 일순 방 안이 조용하기도 하다가 이내 또 왁자지껄 후끈한 웃음이 터지기도 하였다.

온암국민학교

운동장도 철봉도 미끄럼틀도 교실도 교무실도 교무실 밖 쇠종도 이승복 어린이 동상도 국기 게양대도 독서 하는 소녀상도 연못도 수도꼭지도 변소도 축구 골대도 화단의 장미도 있던

봄이면 뒷산 뻐꾸기 앞 논 개구리 개굴개굴 뻐국뻑국 우는 소리에 둘러싸인 학교

산골짜기 사는 애들이 겨울이면 언 발로 고개를 넘고 논밭을 지나 볼때기 빨갛게 얼어 오던 곳

노동자도 여공도 미장이도 농사꾼도 장사치도 월급쟁이도 광부도 사기꾼도 소 장사도 경찰도 선생도 건달도 배출한

지금은 폐교된
온암국민학교.

2부

어머니

그 방

낮은 천장엔 얼룩얼룩한 쥐 오줌 자국이 있었다
빛바랜 벽지엔 댓이파리 같은 빈대의 핏자국도 있었다
살뜰한 별이 숭늉 빛 문 창호지를 간질이기도 하던 곳
그곳에서 어머니는 내가 갓난쟁이였을 때
오줌 싸고 구들장이 식어 응애응애 울면
나를 배 위에 올려놓고, 그렇게 길렀다고
쓸쓸히 웃으신다.

2022. 2. 21

어머니

세상 어느 이야기보다 긴 이야기.

고사리

집집마다 보일러를 놓아
산이 우거져
고사리도 쉬 꺾기 어렵게 되었다고
어머니는 걱정이시다

고사리도 아무 데나 나는 게 아니라고
산골짜기 어디쯤
많이 나는 곳이 있다고
그곳을 알고 있는데
바빠서 통 갈 틈이 안 난다고
고추밭 비닐을 덮으며
어머니는 걱정이시다

고사리가 많이 나는 곳을
알고 계신 어머니는
그새 누가 꺾어 가지 않았는지
그게 걱정이시다.

어머니의 부엌

대낮에도 어머니의 부엌은 어두컴컴하다
질그릇 빛 그늘에 깊이 잠겨 있다

아침 해 발끈 떠 방안에 환히 비쳐올 때
달고 슴슴한 밥 짓는 내음이
문틈을 헤집고 올라도 오던 곳

솥뚜껑 여닫는 쇨그랑 소리
똑똑똑 마늘 다지는 분주한 소리
먹이고 거두느라 노역의 나날 끊일 새 없던
그곳에서 나는 여러 번 보았다

매캐한 솔가지 연기 가슴 앞섶에 스미면
눈 깜작이며 지우던 눈가의 물기를
수심의 빛 눈썹 끝에 서려
재처럼 가라앉던 긴 긴 한숨을

귀 떨어진 종구락과 김칫독이 놓여도 있던 곳

찬장 밑 생쥐가
입가심할 무 조각 물어도 가던 곳

한나절 밥때 되어 밥 먹으란 소리에
앉을개 놓고 둥그렇게 모여 앉아 점심밥 먹던

그곳, 감자도 고구마도
어쩌면 우리 육남매까지도
알맞게 구워낸 태반胎盤과도 같은.

2022. 2. 21

꽃자리

뒤울안
감나무 앵두나무 라일락 나무
아침부터 어머니
풀을 매신다

뭘 거기까지 매고 그러세요, 하자
조금 있으면 꽃 떨어질 텐디
꽃자리 봐 주면 좋지 않간

아, 꽃자리
꽃 질 자리

꽃을 피우는 건 나무의 마음이지만
꽃 질 자리 봐 주는 건
사람의 마음

어머니 손길이 다녀간 곳
환한 그늘에 소복이 떨어질

감꽃 본다
앵두꽃 본다.

그믐달

마디마디 구릿빛 손마디에
끼인 어머니의 금반지

고단한 농사일에
둘레 한쪽 일그러져
그믐달처럼 이지러져

철렁
내려앉는 내 가슴에
자옥자옥 번지는
알싸한 슬픔.

슬픈 인화印畫

어둑새벽
빈속에
무 한쪽 저며 먹고
풀대궁처럼
야윈 어머니
알무릎 세워
서리서리 이어가는
가늘은 삼줄.

2022. 2 21

분꽃

못난 얼굴들이 사진 속에 들어 있다
빛바랜 벽지 못대가린 녹이 슬고
파리똥 액자 속에
마당 가 화단에 분꽃도 피어 있다

한 가족 언제부턴가 따로 떨어져
눈앞의 그리움으로 오는 얼굴들

이백만 원 빚 얻어 밥이나 굶지 마라 떠나보낸
둘째 녀석이
전화번호 안내양으로 취직하여
털쉐타 부쳐 온 스무 살 난 딸년이
추녀 끝 빗방울에 소슬히 맺혀 있다

이제나저제나 함께 모일 날 헤아리며
비 오면 흙일 잠깐 손에 놓고 성근 베 가르시며
한 올의 실낱으로 그리움을 이어가는 어머니

마당 가 유리병 박아 만든 꽃밭
비에 젖어 분꽃 흔들리는데
요즘 세상 애들은 도회지로 가야 혀, 말씀하시면서도
붉은 눈자위 애써 돌리시는
어머니.

내가 좋아하는

1

마당 가 화덕에 장작불이 괄하다

양은 솥엔 잉어며 닭이며 대추며 삼이 담뽁 들었다

피—피 즐거운 소리를 내며 끓고 있는 것은

어머니의 보약이다.

2

잉어의 살점이 아주

흠씬 고아지면

약을 짜서 유리병에 담는다

잗다란 거품이 방울방울 솟는다

뻐끔대는 물고기 입 같다.

3

찍어 먹어보면 다다분하고

맡아보면 들척지근하다

한방에도 없다는
어름어름 알게 된
젊을 적부터 입에 맞는다는
어머니의 보약.

4

유리병에 담긴 그것을 보며
나는 이 보약 드시고 좋아질
어머니의 몸과 입맛과
더구나 일 년 농사일 다 끝나
이제 좀 쉬어도 좋은 그런 때가 되었음이
무엇보다 좋다.

은산 국숫집

청양과 부여 경계인 나령리 마을 지나
부여 못 미쳐 은산
은산 들머리 다리 건너 왼편 슬라브집
바람 설렁한 마당에
하얗게 하얗게 마르는 국숫발

안에선 밀가루 반죽이다 포장이다
왁자지껄 정신이 하나도 없는 통에
예나 지금이나 낡은 국수틀은
틀틀틀틀, 은어 뱃바닥 같은 흰 국수를
느런히 찰찰히 뽑아만 내는데

국수 가닥 앞이빨로 오독오독 깨물어 보며
국수는 뭐니 뭐니해도 이 집 국수가 최고여
멸치국물에 후넉후넉하게 말아
무 짠지 척 걸쳐 먹으면
을매나 맛나고 칼타운지 몰러 하시던
어머니.

울 곳

울고 싶은데
울 곳이 없다

옹이 많은 어머니는
속상할 때
논두렁 가 개망초 꽃밭에서
앉아 있다 오셨다

어머니 눈이 빨개져 있었다.

새벽 종소리

한없이 부드럽게 울리는
새벽 교회 종소리

저 종소리에는
이제 막 잠에서 깨어
새벽기도 가려고 부시럭거리는
어머니의 어둠이 있을 것이고

당신 오늘 안 가?
이, 나 오늘은 안 갈텨
아버지의 웅얼거림이 있을 것이고

마을을 향해 울려 퍼지는
저 한없이 부드러운 종소리에는
차가운 교회 마룻바닥
네모난 방석에 쪼그리고 앉아 올리는
어머니의 기도 눈물이 있을 것이다

지붕 위로

더 낮은 지붕 위로

새벽 미명을 깨우는 저 종소리에는

눈 내린 마을 어두운 고샅길

쌓인 눈 발밤발밤 밟으며 간

어머니의 털신 자국도 있을 것이다.

우렁 껍질

추석 명절인데도
어머니는 밭으로 향하신다

한쪽 팔에 소쿠리를 끼고
앞서 걸으시는 어머니의 몸빼바지가 헐겁다

울툭불툭한 돌자갈 길
풀숲에 슬핏슬핏 내려앉는 고추잠자리

내년이면 폐교될 국민학교 운동장에
객지에서 온
배구 하는 청년들의 함성 아득타

해직되어 직장도 없이
자취하는 자식에게
깻잎이랴 풋고추랴 반찬 만들어 보내려
종종걸음 앞서가시는 어머니

가슴팍과 눈물마저 다 주어버린
빈 우렁 껍질이여.

민요의 발전

밭일하면서
어머닌 이런 노래 즐겨 불렀네

“저 건너 저 새악시 궁뎅이 보소
요리씰룩 조리씰룩 멋들어진다”

어디서 배웠느냐면
배우긴 워서 배운다니
긴 긴 해 일허다 보믄
아주아주 멀짜날* 때가 있어
그런 때 저절로 흥얼거려지는 게지

어머니 노쇠하여
밭에 가지 않고
쌀밥처럼 윤기 나던 노랫말
바람의 등을 타고 넘던 노랫가락
CD에 담겼네.

*힘겹고 지루하다.

억지웃움

경운기 사고로
아버지 성모병원에 입원하신 후
스무 몇 날 만에 시골집에 갔다

뒤곁 수돗가에서 빨랫감 주섬대던
어머니가 나를 보고 억지웃음을 지으신다

올여름 어머니는
혼자 손으로 농사일 다하셨다

새 다리처럼 갱핏하게 마른
칠순 노인네
어머니의 눈자위에 눈물이 어리었다

나를 보자 울음을 웃음으로 바꾼
어머니의 웃음, 어머니의 울음

나도 그런 어머니를 보며

억지웃음을 짓는다

눈시울 시룩시룩 혼자 서러운
나와 어머니의 억지웃음에
예수도 있고 부처도 있었다.

어머니 꿈

어머니 꿈을 꾸었다
꿈속에서 어머니는 비가 오는데도
엎드려 밭을 매고 계셨다
눈 밑이 젖은 내가 울음 섞인 큰 소리로
그만 가자는데도
그 소리 안 들리는지 밭만 매셨다
돌아가신 지 십 년이 훨씬 지났는데도
지금까지 어머니는 밭을 매고 계셨다.

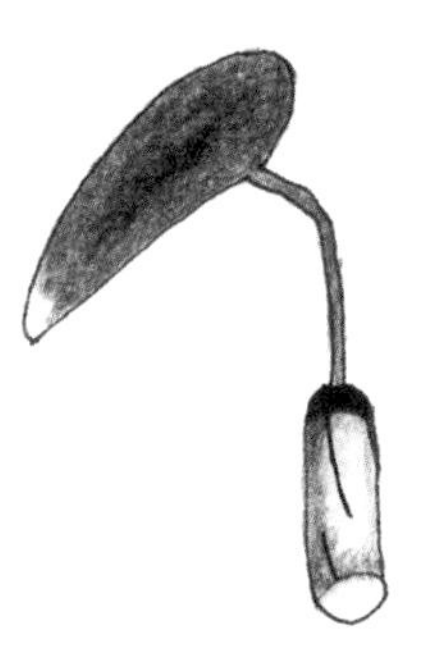

2022. 2. 21

유물론

돌아가신 어머니를 고추밭에 묻었다
한 길 땅속 반듯이 누워
분해되어 가는 어머니
푸른 햇살 되퉁기는 풋고추에 몸을 실어
올여름 우리에게 싱싱하게 오신다
생명은 이렇게 한 치 건너 두 치
보이지 않는 길을 따라
목숨을 싸고돈다
된장에 고추를 듬뿍 찍어
와삭, 어머니를 먹는다
어머니 살을 먹는다
어머니를 움켜쥐고 있던 흙의 손을 먹는다
얼얼하구나, 오냐, 살 수 있겠다.

3부

아버지

아버지

추위에 하얗게 얼어붙은
겨울 새벽
방구들 차갑게 식어
어린 자식들 애벌레처럼 웅크리면
어둠 속 아버지는
부스럭부스럭 옷을 입고
부엌에 나가 불을 때셨다

아궁이에 장작을 넣고 불을 붙여
옹깃대*로 와룽와룽 부치면
화르릉 일어나던 다홍빛 불꽃

차츰 따뜻해져 오는
방바닥 온기

아무리 추운 겨울에도
아버지는 무슨 거룩한 의식儀式을 치르듯
새벽마다 가마솥에 물을 붓고

어머니 쓰실 물을 따뜻이 덥히셨다.

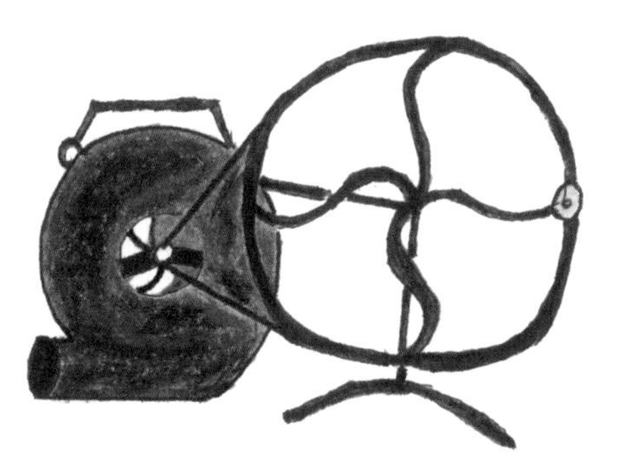

* 풀무

큰물 간 후

늦장마 들어
이삭 팬 논들이 물에 잠겼다

개울둑 넘치고
논두렁 깨져
들은 전쟁이 할퀴고 간 폐허다

집안일 소소한 일로 가슴 답답할 때
들에 나와 들바람 쐬면 후련해진다던
아버지의 논

볏잎 하나 보이지 않는
물에 잠긴 논을 보며
객지에서 달려온 나도 아버지도
망연자실이다

큰물 간 후
언제 그랬냐는 듯

하늘엔 뭉개구름 뭉싯뭉싯 피어오르고

햇빛 쏟아지는 미루나무 꼭대기
저놈의 매미들은
뭐가 좋아 저리도 울어쌌는지.

손

술을 많이 드시면
아버지는 곧잘 우셨다

농약 먹고 죽은 동갑내기 한 분을
산자락에 묻고 돌아오신 그날도
초상 술에 많이 취해
집에 와 우셨다

입 옹다물고
안방에 누워
나를 옆에 오라 하신 아버지는
울기만 하셨다

……
……

어릴 적
자식놈 행동거지 맘에 들지 않으시면

어김없이 뒤통수 후려치던
손
나이 사십이 넘은 오늘에서야
그 손의 따뜻함을 안다

흙 노동에 닳아진
세월의 무게에 고단해진
아버지의 손.

목기木器

제사가 있은 날
나는 송화다식이랑 오꼬시를 먹으며
이런 제사가 우리 집에 사흘 건너 한 번씩
있었으면 하고 바란 적이 있었다

할머니와 어머니와 작은어머니가
검뎅 낀 부엌에서
두부를 부친다 조기를 찐다 부산스러운 날에

그때마다 아버지는 사랑방에서
목기를 찾아내어 행주질 쳤다

향을 피우고 잔을 올리고 축문을 읽고 절을 할 때
나는 왜 남자들만 모여 절하고
여자들은 안 하는지
그게 오래도록 궁금하기도 하였다.

2022. 2. 21

배나무

들일 마친 아버지가
뒤꼍 수돗가에서 발을 씻는다

쿨렁쿨렁 물이 괸 검정 고무신을 거우르며
발을 씻는 아버지 옆
짚단처럼 마른 어머니가 갈치 토막을 씻는다
두 양반의 두런거리는 소리 들린다

수채 구녁 너머
가지도 심고 상추도 심어 먹는 조그만 텃밭
가생이에 가을 국화가 노랗다

두 노인 사는데
꽃이라도 없으면 오죽 스산할까
지난여름 인정으로 심은 꽃

늙은 배나무가 이들을 굽어본다
새앙쥐가 흙담 틈으로 코쭝배기를 내민다.

잔정

감나무 하나 접붙여 본 일이 없는
아버지께서
뒤곁에 대추나무 묘목을 심으셨다
가지 모가 자라고
호박 넝쿨 뻗어가는 울타리 옆
아직 그늘 짓기엔
어린 대추나무

연초록 잎들이 햇살에 싱그럽다
낯선 곳에 심어져 뿌리 내리는
새끼손가락만 한 줄기가 안쓰럽다

사람도 나이 들면
꽃과 나무가 따뜻하게 느껴질까
젊었을 땐
그늘진다며 베어버린 아버지께서
환갑 지나 손수 옮겨 심은 것 보면.

추수 후

가을걷이 끝난 마당
물 뿌려 싸리비로 깨끗이 쓸어놓고
아버지는 마루에 앉아
고추장에 마늘 찍어
막걸리를 드셨다

당신두 한 잔 혀, 잔을 내밀면
한 모금에 진저리치시던 늙은 어머니

검붉게 탄 살갗에
새로 갈아입은 메리야스가
유난히 희던 날

늘그막 아버지의
일 년 농사 성적표가 좋은 날이었다.

주꾸미

훌렁 벗어진 대가리에
다리를 쫙 펴 오므려 헤엄치는
주꾸미가 함지박에 가득 들었다

한 꿰미 들어 얼마냐 하니
두 꿰미에 만 원 달라 한다

제사상에 놓일 떡이며 포며 사과며 배를 산
나와 어머니는

개신개신 앓고 있는
소 족이며 갈치 지짐이며 돼지뼛국으로도 돌아오지 않는
아버지의 입맛을
이 주꾸미로 돌렸으면 하며, 말이 없다.

요양원 TV

시골집 마당에서 쓰러지신
아버지는 다시 일어나지 못했다

어깨뼈와 대퇴골 골절
한 달 넘게 누워 있던 병실 침대가
아버지를 납작하게 빨아들였다

병문안 차 자식들이 면회 가면
자다 말고 일어나
훌쭉훌쭉 우시던 아버지

나는 장작개비처럼 마른 팔을 주물러주고
누님은 기저귀 잘 채워져 있나 이불 밑에 손을 넣고
막내는 두유에 빨대 꽂아 입에 넣어드리고

서로 말없이 침울해하는 사이
머리맡 TV
폭력 같은 큰 웃음 크하하하 터뜨렸다

말도 감각도 잃어가는 사람 앞에
저희끼리 큰 소리로 떠들어대는 TV

다음에 다시 올게요, 작별 인사드리면
오지 마, 뭐 하러 자꾸 온다니

아버지 다시 돌아눕고
아무것도 할 일 없던 우린
그나마 TV라도 잘 보이도록 베개 다시 놓아준 후
요양원을 나왔다.

겨울나무

바짝 언 겨울나무는
붙어 있는 나뭇잎 한 장도 무겁다

가지가 파리하게 마른 겨울나무는
쌓인 눈송이 하나도 무겁다

그러나 아무 하소연 없이
묵묵히 겨울을 나는 겨울나무여

요양원에서
말년을 보내신 아버지도
옆으로 돌아눕는 사소한 동작 하나가
그렇게 힘들 수 없었다.

2022.

통곡

요양원에 계시는 아버지를 위해
나는 애틋한 마음에
돌아가신 어머니 사진을 머리맡에 놓아드렸다

다음 면회에 가보니
아버지 침대의 위치가 바뀌어 있고
어머니 사진도 보이지 않았다

엄마 사진 어딨어요?
몰러
나는 사방으로 찾았다
창틀 저 구석
어느 노인의 머리맡
어머니 사진이 거기 가 있었다

나는 사진을 가져와
아버지께 이게 누구냐고 물었다
몰러

서로 부부로 60년 넘게 같이 산 사람을
몰라보게 된 이 기막힘을
뭐라고 해야 할까

나는 어머니 사진을 가슴에 품고
요양원을 나와
차 안에서 운전대에 엎드려
통곡했다.

아버지의 일기

아버지 돌아가신 후
유품을 정리하다
벽장 구석에서 나온 일기

검정 볼펜으로 꾹꾹 눌러쓴
변색 되어 허름한 공책에
아버지의 지난날이 들어 있었다

옛 기억들이 비 온 후 버섯처럼 돋아났다
자식으로 인해 속 썩은 이야기와
친구 만나 재미나게 논 이야기

후반부로 갈수록 아버지의 삶은
지리멸렬 완강해졌다
서랍 속 약봉지와 새벽 기침 소리를 지나
대퇴골 골절로 입원 그 후 그답
걷지 못하게 된 일들이
끊일 듯 말듯 말줄임표로 이어졌다

마지막 마침표 꾹 눌러 찍은 이후
아버지는 다시 집에 오지 못하셨다.

아버지의 음성

돌아가신 아버지의 음성이
들릴 때가 있다

— 야, 빨리 일어나, 밭이 가야 혀!

오전 내 밭일에 지쳐
점심 먹고 잠깐 누운 나를
사정없이 다그치던 목소리

농사도 짓지 않아
일할 게 없는 나에게
낮잠이나 자지 말고
부지런히 움직이라고
아버지의 칼칼하던 음성이
오늘도 어깨 너머로 다녀가셨다.

4부

좋은 날에 우는 사람

달밤

- 형 1

아버지와 어머니와
여섯 남매가 가로세로 누워 자는 밤
폭 좁은 무명이불 속에서
나는 오래오래 눈을 뜨고 있었다

왜 형은 말을 못할까
도롬도롬 생각하며
마음을 떨며

발등이 보오얀 달이 마루턱을 오르고 있었다.

미안한 마음
– 형 2

형이 사랑의 집에 입소한 후 나의 가장 큰 걱정은 형의 똥오줌을 누가 받아낼 것인가 하는 거였습니다. 또 형이 적응을 못 해 집에 간다고 막무가내로 걸어 나오면, 그러다 사고라도 나면 어떡하나 하는 것이었습니다.

걱정에 가슴이 간장 쫄 듯 시커멓게 졸아들었습니다.

형의 유일한 친구 서윤기 씨. 면회 차 가 보면 널찍한 방에 형과 서윤기 씨 둘이 있었습니다. 형은 벽 쪽에 요를 깔고 누워 있고 서윤기 씨는 플라스틱 의족을 빼놓고 성한 다리를 쭉 편 채 멍하니 앉아 있었습니다.

– 먹는 걸 워치게 잘 먹는지 몰러. 그거 하나는 좋아. 물도 주면 목마른 소가 구정물 들이켜듯 벌컥벌컥 한 대접 다 먹어. 하튼 잘 먹어서 좋아. 그럼! 이렇게 생긴데다 먹는 거까지 션찮어 봐. 더 밉상이지. –

많이 먹고 많이 쌀 것을 걱정하는 내 앞에서 서윤기 씨는,

그렇지 친구? 하며 형의 어깨를 흔들었습니다. 함박꽃 웃음이 벽지마다 환하게 피어올랐습니다.

나오면서 만 원짜리 몇 장 쥐어주면, 여기선 이런 거 필요 없어, 담배나 있으면 몇 개피 줘, 그러면서 삐쩍 마른 얼굴에 빙긋이 웃음을 물며, 걱정 마 내가 있는데 뭘, 하면서 안절부절 못하는 내 미안한 마음까지 다독여주었습니다.

형의 보호자가 되어준 그와의 만남을 인연이라 해야 할까요 은총이라 해야 할까요, 아니면 아득히도 슬프고 서러운 운명이라 해야 할까요.

어떤 장례식
- 형 3

병원 침대에서
형이 죽은 지 꼭 일 년 되던 날
나는 형의 제사상을 시내 불타는 닭갈비 집에 차렸다

지인과 함께 술 한잔하는 자리
주인에게 깨끗한 접시 부탁하여
닭고기 야채 김치 등 술안주 그대로
한 점씩 집어 옆에 따로 놓았다

소주도 한 잔 따라 올렸다
이게 뭐냐는 앞사람 말에
어 식혔다 먹으려고, 내가 말했다

가슴 밑께 소주만큼이나
맑고 찬 눈물이 어룽어룽 흘렀다

노래방에 가서 노래도 불렀다
살아생전 내가 노래하면

빙긋이 웃으며 좋아하던 형
형의 일그러진 얼굴을 떠올리며
비 내리는 고모령을 울음 섞어 불렀다

이 세상 나만 아는
마음속 제사상이 그렇게 차려졌다
제사 후 넋 달램의 노래까지 잘 불러주었다
사기그릇 같은 허연 눈을 꾸먹이며
형이 어디론가 떠나가고 있었다.

외할머니

붉고 자잘한
구기자는 외할머니 차지이다

몸이 쇠하여 거동 불편해도
팔십 평생 몸에 익은 노동의 습성
쬐끔이라도 일을 해야
맘 편히 밥을 넘기신다

논이나 밭에 일 보러 가는
예순 다 된 외삼촌 리어카에 실려
탈탈대는 경운기 짐칸에 실려
구기자밭에 내려지면
주저앉아 구기자를 따신다
양푼 그릇 하나 놓고
꼼지락꼼지락 구기자를 따신다

가는 귀먹어
산 매미 울어도 들리지 않고

밭에 나오셨슈, 인사해도
돌아보지 않고.

2022.

제수씨

청양서 부여 가는 중간쯤
29번 국도변에 살다
얽히고설킨 인연 우리 집에 닿아
동생 처로 시집온 사람

일 욕심 살림 욕심 많아
발 빠르고 손 빠르고
눈치 빠른 여자

딸 하나 낳고도
밖에 나가면 나보구 처녀라구들 해유
좋아라 재깔대는 한울이 엄마

시어머니와 음식 준비하다
입맛도 손맛도 제 맘에 안 맞으면
시어머니 잠깐 다른 일 보는 사이
간장도 더 넣고
깨소금도 더 치는.

당숙모

아들 하나 낳고
삼십 초반 한참 나이에
류머티스 관절염으로 자리에 눕더니만
세상 뜰 때까지 15년 동안
못 일어났지요

살림 재미도
살기 좋아졌다는 세상 구경도
남의 일로 미루고
대문 밖 한번 나와보지 못했지요

살아생전 똥오줌 싸
성한 사람 고생도 참 많이 시키더니
그래도 세상 떠나니 모두들 아이고네요

누구는 불쌍하다 훌쩍거리고
누구는 안 됐지만 그래도 잘 죽었다고
눈시울 닦고.

병만이 엄니

성님, 아이구 나 챙피혀서 혼났슈
병만이 담임 선상이 핵교 오래서 갔는디
오랜만에 구두 신고 치마 입을라닝께
오티기나 불편허던지
새마을 어머니횐가 뭔가 혀서 온 부인네들 보닝게
구루무두 발르구 여간 잘나지 않았슈
아이구 참 나 병만이 담임 선상 앞에서
챙피혀서 혼났다닝께
앞사람덜은 선상님헌티 뭐라뭐라 혀쌌더먼
나는 선상님 말씀이 하나두 귀에 안 들어오대유
헐말두 읎구
아이구 나 핵교 한번 갔다가
챙피혀서 혼났다닝께
뭐 헐 말이나 있남유
그저 예예 그류그류 멫 번 허다 왔슈
고연히 일 품메고 핵교 갔었다닝께.

강아지풀

아버지 생신날
동네 사람 모여 아침을 먹고

오늘은 비가 오니 좀 놀다 가세
그려 비 안 오면 우리가 여태까지
여기 앉아 있건남
저마다 담배 한 대씩 물고
노닥거리는 사람들
이날 이때까지 농촌을 뜨지 못한 사람들

닭도리탕에 막걸리 몇 순배 돌자
노랫가락 차차차에 젓가락 장단이 운다
저마다 손톱 까지도록 일만 해온 사람들
도시라야 청양 읍내를 벗어나 보지 못한 사람들

노랫소리 장구 소리 비에 젖는데
뒤곁 수돗가 어머니와 마주 선
둘째 딸의 눈시울이 붉다

일 좀 조금 하고
허리 아픈데 파스라도 사 붙이라며
건네는 돈 이만 원

비 젖어 안쓰러운
추녀 밑 강아지풀.

소

동네 고샅에서 암소의 등을 타고
눈 희번덕대던 소가 있었다

그때는 소에게도 사람처럼
복닥복닥한 신을 삼아 신기던 노인이
더러 있었다

소는 한 식구여서 한데 날이 차면
덕석을 해 입혔고
체해 음울해 하면
바소로 발굽을 따주기도 하였다

열다섯 살 스무 살 난 소가
여러 마리 있었다

우리 집에도
어머니와 함께 늙어온 소가 있었다

뿔이 마르고 목덜미가 가스라지고
소줏잔만 한 눈 밑에 눈물 자국 선연하기만 한

그 소 팔아 아버지 병원비에 다 썼다는
어머니의 말씀을 듣고도
나는 짐짓 못 들은 척하였다.

2022.

함박눈

사나흘 해다 놓은 참나무를
전기톱으로 쌔 하니 동갈내어 자른 후
도낏자루 맞춰 잡고 으싸 흐싸 장작을 팬다

이마에 땀방울 송글송글 맺힌다
움켜쥔 손아귀에 열불이 확확 인다
어떤 놈은 빗맞아 버겁데기만 벗겨지고
어떤 놈은 정통으로 맞아 쩍 벌어진다

만만찮게 뵈는 놈 하나 모탕에 올려놓고
양다리 맞춤 맞게 벌려
한가운데 고누어 도끼날 쳐드는데
부엌문 빼꼼 열리며 막걸리 한 잔 먹으라 한다

목젖에서 배꼽까지
짜르르 내려가는 찬 술기운
동태포 간장 찍어 쭈근대며 나오는데
닭털 같은 눈송이가 후끈후끈한 얼굴에

선득선득 차갑게 떨어지는 맛이라니.

좋은 날에 우는 사람

슬픔의 안쪽을 걸어온 사람은
좋은 날에도 운다

환갑이나 진갑
아들딸 장가들고 시집가는 날
동네 사람 불러
차일 치고 니나노 잔칫상을 벌일 때

뒤꼍 감나무 밑에서
장광 옆에서
씀벅씀벅 젖은 눈 깜작거리며 운다
오줌 방울처럼 찔끔찔끔 운다

이 좋은 날 울긴 왜 울어
어여 눈물 닦고 나가 노래 한마디 혀, 해도
못난 얼굴 싸구려 화장 지우며
운다, 울음도 변변찮은 울음
채송화처럼 납작한 울음

반은 웃고 반은 우는 듯한 울음

한평생 모질음에 부대끼며 살아온
삭히고 또 삭혀도 가슴 응어리로 남은 세월
누님이 그랬고
외숙모가 그랬고
이 땅의 많은 어머니들이 그러했을,

그러면서 오늘
훌쩍거리며
소주에 국밥 한 상 잘 차려내고
즐겁고 기꺼운 하루를 보내는 것이다.

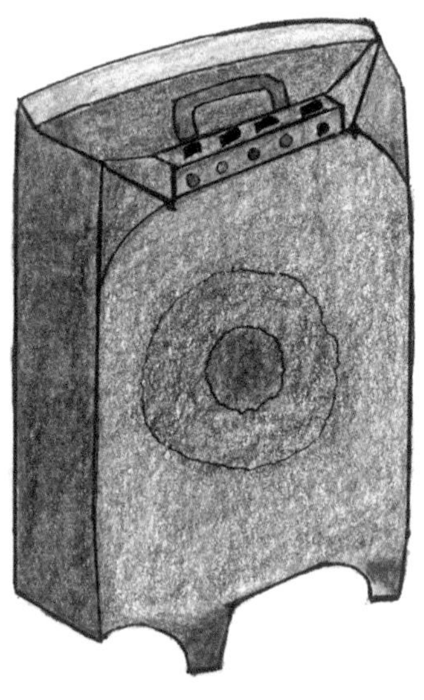

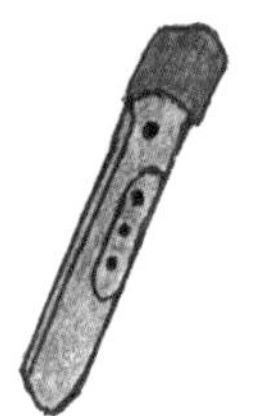

2022,

엄마의 강

젊어서 엄마는 젖이 얼마나 흔했던지
애들이 안 먹을 때는 하얀 젖이 그저 뚝뚝 떨어져
그 젖을 쭈욱 쭉 짜내야 했다고

코쭝배기 박고 할딱할딱 어미 젖을 빠는
돼지 새끼들처럼

흐르는 엄마의 강에 입을 대고
꿀꺽꿀꺽 젖꼭지 빨다
푸근히 잠들었을 여섯 마리 강아지들.

5부

영등포구 가리봉동

별리 이발관

사과나무에 순 돋아 주인은 순 접으러 갔단다
뻐꾸기 울음 논물에 풀려 주인은 또 모내기 하러 갔단다
추사고택서 고덕 가는 길 그 새 중간 별리 이발관
몇 번 허탕치다 다시 가 보니 이발관 주인
석유 곤로에 징게미를 끓이고 있다
예당 저수지 더듬어 떠왔다는 쩨간한 새우

내가 의자에 오르니
비로소 그 주인 느리적 느리적 가위를 든다
가위질 소리가 공적空寂의 빗소리이다
나는 목에 흰 보를 두른 채
졸다 깨다 다시 조은다

이발관 냄새가 나를 울린다
그때도 나는 키가 모자라
의자 위 널빤지에 앉아 있었다

기계 독 오른 내게 구운 쥐고기를 먹으라던 이야기

방앗간 집 아들이 누나 친구를 어찌어찌했다는 이야기
칠순 난 노인이 죽은 누나 친구 염하는데 브래지어가 뭔
지 몰라
그냥 가위로 끊어냈다는 이야기
그런 이야기를 들으며 그때 나는 아득히도 슬펐다

우리 동네
상호도 큰 거울도 없던 이발관에서 들은
그 이야기를
사각이는 가위질 소리에 다시 듣는다
내가 아는 이 세상 제일 조용한 곳
별리 이발관에서.

시래기

헛간 말쿠지에 시래기가 걸렸다
가랑잎처럼 바짝 말랐다
햇살이 다 빠진 겨울밤에
시래기는 가을날 무청과 다른
꿈에 젖는다
저녁 상머리
구수한 된장국의
건더기도 되고 나물도 되는.

2022. 2.21

외양간

봄 햇살이 담뿍 비쳐들었다
여물 청에 흰나비 나울거린다
사람들 모두 들에 나가
개 하나 얼씬대지 않는 조용한 시간
외양간에 소가
새김질하며 조은다
사람과 짐승의 숨결이 만나는 곳.

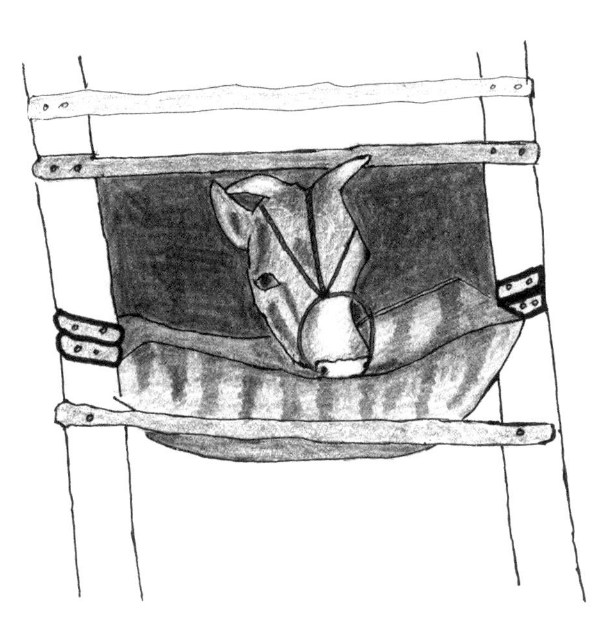

2022. 2. 21

뒤곁 삼밭

삼도 심고 고추도 심고 가지도 심고
상추 쑥갓 마늘도 심어 먹는 뒤곁 삼밭

쇠똥도
개똥도
한 삽씩 떠다 버리는

연탄재도
낙엽도
모아 버리는
뒤곁 삼밭

삼밭엔 어머니의 숨결이 배어 있다
객지 자식 그립거나
삶이 때로 서러울 때
새가슴처럼 오목한
어머니의 한숨과 눈물이 배어 있다

삭은 나무울타리의
뒤울안 삼밭.

인정 한 자락

청양 시내버스 차부
아래 윗동네 살면서도
모처럼 오랜만에 만났나 보다

차 들어올 잠깐 사이
잠바 아저씨가 쪼글대는 할머니에게
술대접한다

겨우내 별고 없었냐고
주름투성이 할머니 손 어루만지며
곤달걀에 소주 대접한다

사과 궤짝에 할머니 앉혀드리고
자기는 그 옆에 쭈그리고 앉아
장 보따리처럼 쭈그리고 앉아
천천히 많이 잡수시라며 술대접한다.

두렁을 깎다

첫새벽이었다
들을 한 바퀴 휘 둘러보았다
벼포기에 오줌발 세우고
목장갑 손에 낀 그다음이었다

안개의 주름 촘촘한
새벽 들녘에 나 혼자 있었다
어제에서 오늘로 이어지는 신새벽
나와 고요와 물꼬 따라 흐르는 물소리가 있었다

까슬까슬 날 선 낫질이 상쾌도 하였다
왜낫에 무수히 잘려나가는 푸른 풀 내음
대기에 인간의 숨결 스미기 전
휘파람처럼 떠도는 7월의 싱그러움

아마도 누군가
저 하늘 높은 곳에서 나를 내려다본다면
배추 잎 갉아 먹는 배추벌레라 하겠지

푸른 잎 잎맥 따라
야금야금 곰실곰실 파먹어 가는

혼자 일 하시는 어머니 도우려
새벽잠 털고 나온 아침 들녘
두렁 한 줄 깎아놓고 뒤돌아보니
이발한 사람 면도한 것 같이 단정히도 빛났다.

방앗간

추석 대목이다
피대에 걸려 와르릉 돌아가는
기계 소리에
사람의 말소리도 알아듣기 힘들다

물에 불린 햇콩이 갈리어 두부가 된다
햅쌀과 쑥이 갈리어 쑥떡이 된다

증기솥선 뿌연 김이 타래쳐 오르고
떡판에는 잘 익은 시루떡이 장방형으로 썰리고

누구는 철푸데기 주저앉아 쌀가루에 밤을 섞고
누구는 눈살 찡긋대며 손목시계를 보고

주인은 침을 퉤퉤 뱉어 지전을 세고
샐쪽한 여편네 하나 삯을 깎아달라 요살부리고

떡 빼는 이도 떡 하러 온 이도 모두 즐겁다

연중 풍요로움이 이만만 하면.

2022.

수돗가

살 오른 볕이 이불 속처럼 따스하다

앵두나무 감나무 포르스름한 잎닢을
간질키며 오는 봄이
마늘밭 짚 검불에 단 이슬로 내리었다

배나무를 가로지른 전선 줄이
심심하기도 한 하루 한나절

설거짓감 포갬포갬 놓여진 수돗가에
고양이가 물을 할짝이다 간다.

2022.

늙은 감나무

집주인이 떠난 후
거미줄 어지러운 시골집 뒤곁
혼자 집을 지키네
나이도 잊고
인정도 잊었네
바람 끝으로 허공 속으로
잔가지 구불구불 뻗어 있을 뿐
늙은 감나무
밤이나 낮이나 빈집을 지키네
파란 하늘
붉은 등 몇 점 켜고 있는
조상 같은 감나무에
나 절하고 싶네
이 가을
독한 소주 한 잔 권하고 싶네
묵묵히
밑동을 쓸어보아도
섭섭해서인지

반가움에 목이 메어선지
늙은 감나무 기척이 없네
다만 알았다는 듯
애달픈 마음 너무 애달파하지 말라는 듯
다홍빛 감잎 툭 떨구네.

영등포구 가리봉동

그 말은 이제 그리움, 그리움으로 남아 있는 말
내가 학교도 들어가기 전 엄마에게 처음 들은 말
그래서 지금도 서울 하면 맨 먼저 떠오르는 말
향기는 날아가고 메마른 색깔만 남은
꽃잎 같은 말

영등포구 가리봉동
그 뒤에 따라붙던 가발공장이라는 말
정구 누님 선자 누님 내 동창 정희나 영미도
국민학교 졸업 후 가 있던 곳
배곯던 청춘들이 돈 벌던 곳

명절 때 되면 대절 버스에 선물 꾸러미에
서울 멋쟁이 되어 내려오던 곳
내려와 동네 고샅을 밤 늦도록
휘파람에 깔깔대는 웃음에
수놓던 곳

이제는 추억인가 그리움인가
영등포구 가리봉동
가난한 동화에나 나와 있는 듯한 말

그 말이
가까스로 붙들고 있는
눈보라에 하얗게 지워지던 마을
기억 속에 애처롭게 남아 있는
얼굴 얼굴들.

얼음배

눈 오신 흰 산이 떠간다
얼음물에 데그락 대그락 떠간다
바람도 잠잠하여 하늘 낮은 날
우린 얼음배를 타고 놀았다
하꼬방 옆 보 한쪽 깡깡 얼면
톱으로 얼음쪽 썰어
가운데 구멍 뚫어 삿대를 꽂았다
지나는 사람들이 우릴 보고 웃었다
엄마가 너 그러다 죽어 소리 질렀다
처절썩 꿍땅 얼음끼리 부딪치고
철브락 찰브락 물이 흘러넘쳤다
그때마다 몸은 기우뚱
삿대를 저어도 말을 듣지 않았다

지금도 나는 얼음배 타고
추운 손 호호 불며 얼음물에 떠간다.

6부

한 세대가 간다

까치 소리

참혹한 가을
부모님 돌아가신 집 마당에
풀들이 철사처럼 빳빳하게 엉키었다

사랑방 벽시계도 숨을 멈추었다
뒤꼍 감나무도 심심한지
열었던 감 저 혼자 떨구었다

솥을 걸고 폐목을 때 국을 끓이던 자리
마당 가 구석 삭아가는 화덕
아직도 불붙이면 푸릇푸릇 불꽃 일어
돼지고기 넓적 살 구울 것도 같은데

사람 없는 빈집
집은 점차 폐가가 되어 간다

파란 하늘 감나무 꼭대기
까작까작 우는 까치 소리.

2022. 2 21

한 세대가 간다

그분은
죽으면 생전 지게질에
어깨부터 썩는다는 농부였다

나도 그분을 잘 안다
그분은 내 친구의 아버지였다

아랫목 방구들 싸아하니 식으면
마른 장작 가져다 군불을 때고
고욤나무에 접붙여 가을을 열게 하던
그의 사투리 같은 삶이 마침표를 찍었다

집도 아닌
아들네도 아닌
낯선 도시 희디흰 중환자실 침대 위에서
최후의 눈꺼풀이 고단한 생을 덮었다

호박색 조등弔燈이 걸리고

나무즙을 빨아대던 매미 같은 자손들의
울음도 이만저만 수그러들고
치러야 할 일로 분주하기만 한 시간

나는 문득 처연해진다
영안실 앞 문상객을 위한 천막 안에서
지게 작대기로 살아온 그분들의 삶

누천년 이어온 흙빛 삶도 이제 그분이 마지막이고
사라져가는 뒷모습을
그나마 추억하는 것도
우리가 마지막일 거란 생각에.

호박죽

뒷삼밭
어스름
흩어지는 새떼

그늘 짙은
부엌
박죽박죽 끓던
노오란 마음

오, 시렵고 굴품하던
초겨울 한때
배추 꽁댕이로
제기차기 하며 놀던

문득 살아오는 머언 먼 오늘
농협서 사 온
호박죽 먹으며
먹으며.

고요한 말

뒷마루에 떨어져 빙－빙 돌아가던 감청 빛 풍뎅이가
호박꽃 속 호박벌의 닝－닝 날개 치던 소리가
좁은 골목 해사하게 피어나던 골단초꽃 향기가
저문 들녘 헤적이던 푸르스름한 연기가
내게 건넨 말을
그 고요한 말을

새는 죽으면 어디로 갈까
산마루 너머 구름은 어디로 갈까
왜 고구마순은 자줏빛이고
가시 울 탱자는 노란색일까
의문이 건넨 말을
고요한 말을

글을 배우며 잃어버렸다
책을 읽으며 잃어버렸다
나이가 들어 도시를 떠돌며 어른이 되어 갔다

평생을 그렇게 살게 될 줄 알았다
아내에게 동료에게 내가 익힌 말을 지껄이며
학교에서 사무실에서
그렇게 살다 죽을 줄만 알았다

세상을 오래 멀리 걸으며
이슥고 잃었던 말들을 다시 만난다
산비알 하얗게 핀 눈물 젖은 들국화가
대밭에 모여 수런대는 바람이
내게 건네는 말을
그 고요한 말을.

밥 한 끼

육개장 국물 속 남은 밥알을
남김없이 건져 먹는다

추수 끝난 들 이삭 줍던
어머니 생각난다

세수하고 발 씻은 물 상추밭에 뿌려주던
아버지도 생각난다

땅을 모시고 살아가던 사람들

오래된 추억은 따스하고 정겹다
마음껏 퍼 올려도 언제나 공짜다

밥 한 끼에 맺히는
눈물 한 방울.

오래된 시간

종재기 들기름 불이 자울자울 조을던 때가 있었다
온종일 걸려 시오리 장길을 오가던 때가 있었다

삽상한 문창호지
아버진 식전 내 낫을 갈고
한철 내 보리를 베셨다

솔가지 불에 미꾸라지 구워 먹느라 한나절이 가고
맷방석을 짜고 도구통을 깎느라 한 달을 넘었다

그리 더디 가도
암소의 마음으로 느릿느릿 청처짐히 가도
볏짚같이 가늘은 사람들
생은 이어졌다 이즈러짐 없었다

바로 얼마 전,
허나 벌써
오래된 시간.

2022. 2 21

보리밥

밥솥 밑바닥에 보리쌀 촘촘히 깔고
어머니는 쌀 한 줌 한가운데 놓았다

달걀노른자 같았다, 부글부글 밥이 끓어
고신네 구수하게 퍼지면
어머닌 눈부신 흰 쌀밥만 옴쏙 따로 퍼내었다
할아버지 밥이었다, 나머진 둥글넙적한 주걱으로
홰홰 설설 저어
한 그릇씩 뚝딱 퍼담았다, 우리들 밥이었다

거뭇거뭇한 꽁보리밥
씹을래야 이빨 사이에서
미끈덩미끈덩 미끄러지던 밥

찬물에 말면 낱낱이 풀어지던 헤식은 밥
풋고추 한 줌에 고추장 듬뿍 꿀맛 같던 밥
산초나무 기름에 애오이 썰어 넣고 썩썩 비비면
입 안 가득 침부터 고여 오던 밥

그 보리밥을

없어서 못 먹던

꺼끌꺼끌한 꽁보리밥을

오늘 다시 먹는다

웰빙이다 뭐다 하는 식당에서

열두 가지 반찬에 이름뿐인 보리밥을

일 인분은 팔지도 않는 보리밥을

옛 추억에 배부르게 먹는다

저녁나절 노랗게 지던 해 그리워하며 먹는다.

성묘

지금도 성묘 가면 아버지는
일하러 오니
어머니는
그 새 잘 있었남

아, 아버지 말씀에
탕탕탕탕 밭으로 향하는
경운기 소리 들린다

어머니 말씀에
부엌에 차려놓은
밥 먹으라는 소리 들린다.

2022, 2 21

여름

그 집에서 여름은 혼자 살았다
여름이
하늘로부터 비를 데려와
흙담 옆구리를 무너뜨렸다

그 구멍 틈새로
새앙쥐가 까만 눈을 내밀다 사라졌다

여름은
뭉게구름처럼 부풀어 올라
그 집 헛간 구석에 던져놓은 폐목에
헝겊 쪼가리 같은 버섯을 키우고
마루턱까지 차오르게 명아주를 키웠다

빈집을 뒤흔드는
매미 소리
녹음을 가득 안은 여름이
그 집을 온통 휘저어 풀물 들여놓았다

그냥 두면
한 백 년 꾸벅꾸벅 졸기만 할 것 같은 집

능소화 마구 뻗어오른 대문간
오줌 누는 나에게
한 세월 거저먹으려는 건달 같은 여름이
내년에도 다시 와 공으로 산다 한다.

풋감

딱!

함석지붕에
온 힘을 다해 떨어져도

장쾌한 소리로
밤의 어둠을 찢어도

들어줄 사람이 없는 거라
그 소리 듣고 놀랄
돼지 새끼 하나 없는 거라

그것이 못마땅해
풋감은 오늘도 이리 떫은 거라
시퍼런 거라.

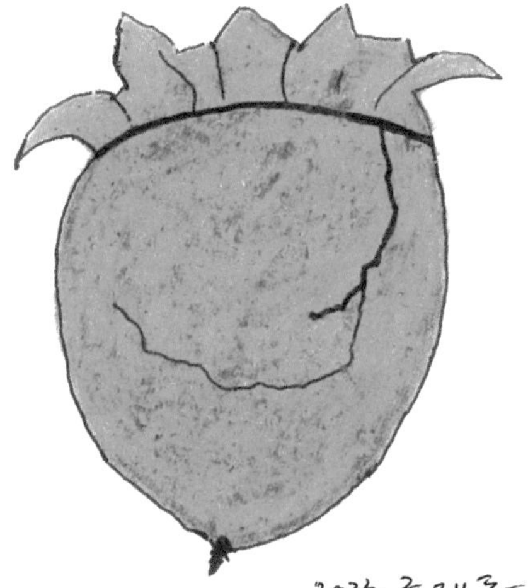
2022.

고향

자주 가고 싶어도
안 가지는 곳

가면 또 낯설어
서성대는 곳

고향
그리움 속 갈수록
희미해져 가는

나이 들수록
물 아래 흰 돌처럼
어른대는 곳

검댕 낀 부엌
무너진 부뚜막
거기 부모님 사진 놓고
큰절 한번 올리고 싶다.

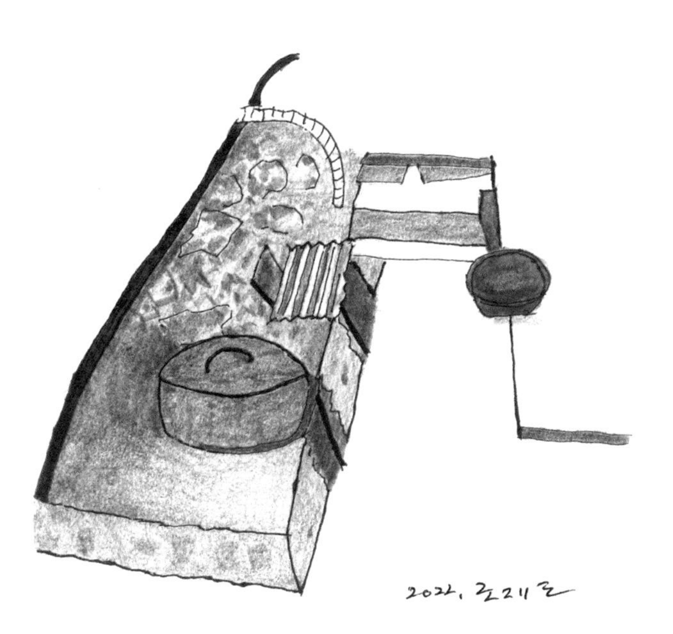
2022. 2 21

초저녁

나는 초저녁이 좋다
거대한 밤의 세계로 들어가는
동물의 꼬리 같아서 좋다

들에서 돌아온 엄마 아버지가
수돗가에서 쿨렁쿨렁 발을 씻던
그 생각이 나서 좋다.

시인 조재도는 1957년 충남 부여에서 출생하여, 한 살 때 청양으로 이사해 그곳에서 성장했다. 초등학교 6학년 때 서울로 전학 가 홍익중학교와 서라벌고등학교를 졸업하고, 1977년 공주사범대학 국어교육과에 입학했다. 1981년 졸업과 함께 대천고등학교에서 근무한 이후 1985년 『민중교욱』지 사건, 1989년 전교조 결성으로 두 차례 해임되었다. 1994년 복직 후 2012년 8월 퇴직하기까지 충남의 여러 중학교에 근무하면서 학생 글쓰기 지도를 열심히 했다.

1985년 교육 무크지 『민중교육』에 시 「너희들에게」 외 5편을 발표하였는데, 이것이 전두환 군사 정권의 용공 조작 사건에 휘말려 상처뿐인 영광을 안은 채 작품 활동을 시작했다. 1988년 첫 시집 『교사 일기』를 출간한 이후, 시집 『사랑한다면』, 『소금 울음』, 『그 나라』, 『백제시편』, 『좋은 날에 우는 사람』, 청소년 시집 『자물쇠가 철컥 열리는 순간』 등 14권, 청소년 소설 『이빨 자국』, 『싸움닭 샤모』, 『불량 아이들』, 『만남으로 로그인』, 장편동화 『넌 혼자가 아니야』, 그림책 『전쟁말고 평화를 주세요』, 『오리와 참매의 평화여행』, 시선집 『아름다운 사람』 등 60여 권의 책을 출간했다.

요즘 들어 시작詩作 40년 만에 비로소 '나만의 시'를 쓰게 되었다는 충만감에 젖어 시를 쓰고 있다. 이번에 내는 이 시집도 그런 의미에서 시집의 이런저런 면을 새롭게 꾸며 보았다.

문학을 '재미있게' 하자는 생각에서 최근 들어 영상매체를 통한 대중과의 접촉면을 넓혀 보려는 시도를 하고 있다. 아울러 2012년 퇴직과 함께 시작한 '청소년평화모임' 일을 지금까지 해오고 있다.

mvwhwoeh@hanmail.net

어머니 사시던 고향은

2023년 5월 15일 제1판 제1쇄 발행

글쓴이 조재도
펴낸이 강봉구

펴낸곳 열린서가
등록번호 제406-2013-000081호
주소 413-120 경기도 파주시 와석순환로 307, 1107-101
전화 070-4067-8560
팩스 0505-499-8560

홈페이지 http://www.openbookcase.co.kr
이메일 openbookcase@daum.net

ISBN 979-11-6035-144-6 43810

값은 뒤표지에 있습니다.